हिन्द पॉकेट बुक्स

AF668852

दोहों की कहानियाँ

महान संतों और साहित्यकारों के दोहों से प्रेरणा लेकर लिखी गई हैं ये कहानियाँ। इसलिए प्रेरक कहानियों का अद्भुत संकलन है ये, जिन्हें बच्चों और किशोरों के लिए तैयार किया गया है, ताकि इन्हें पढ़कर बच्चों में महान बनने, ऊँचा उठने और सच्चाई के रास्ते पर चलने की प्रेरणा जग सके।

ज़ैबुन्निसा हया द्वारा लिखी गई इस पुस्तक में प्रेरक संदेश तो दिया ही गया है साथ ही इसकी हरेक कहानी रोचक और प्रेरक होते हुए भी किसी न किसी दोहे पर ही आधारित है। ये कहानियाँ आसान भाषा में हैं और रोचक ढंग से लिखी गई हैं।

इन्हें याद करने में भी आसानी होगी। सभी कहानियाँ चित्रों से सजी हुई हैं और अंत में एक प्रश्नोत्तरी भी दी गई है, ताकि आप अपनी परीक्षा स्वयं ले सकें।

सुरुचिपूर्ण एवं प्रेरणादायक सचित्र कहानियाँ

दोहों की कहानियाँ

ज़ैबुन्निसा हया

हिन्द पॉकेट बुक्स

पेंगुइन रैंडम हाउस इम्प्रिंट

हिन्द पॉकेट बुक्स

यूएसए | कनाडा | यूके | आयरलैंड | ऑस्ट्रेलिया | सिंगापुर
न्यू ज़ीलैंड | भारत | दक्षिण अफ्रीका | चीन

हिन्द पॉकेट बुक्स, पेंगुइन रैंडम हाउस ग्रुप ऑफ़ कम्पनीज़ का हिस्सा है,
जिसका पता global.penguinrandomhouse.com पर मिलेगा

पेंगुइन रैंडम हाउस इंडिया प्रा. लि.,
चौथी मंजिल, कैपिटल टावर -1, एम जी रोड,
गुड़गांव 122 002, हरियाणा, भारत

पेंगुइन
रैंडम हाउस
इंडिया

प्रथम संस्करण हिन्द पॉकेट बुक्स द्वारा 2014 में प्रकाशित
यह संस्करण हिन्द पॉकेट बुक्स में पेंगुइन रैंडम हाउस द्वारा 2022 में प्रकाशित

कॉपीराइट © हिन्द पॉकेट बुक्स, 2014

सर्वाधिकार सुरक्षित

10 9 8 7 6 5 4 3 2

इस पुस्तक में व्यक्त विचार लेखक के अपने हैं, जिनका यथासंभव तथ्यात्मक
सत्यापन किया गया है, और इस संबंध में प्रकाशक एवं सहयोगी
प्रकाशक किसी भी रूप में उत्तरदायी नहीं हैं।

ISBN 9789353491598

मुद्रकः रेप्रो इंडिया लिमिटेड

यह पुस्तक इस शर्त पर विक्रय की जा रही है कि प्रकाशक की लिखित पूर्वानुमति के बिना इसका व्यावसायिक अथवा अन्य किसी भी रूप में उपयोग नहीं किया जा सकता । इसे पुनः प्रकाशित कर विक्रय या किराए पर नहीं दिया जा सकता तथा जिल्दबंद अथवा किसी भी अन्य रूप में पाठकों के मध्य इसका परिचालन नहीं किया जा सकता । ये सभी शर्तें पुस्तक के ख़रीददार पर भी लागू होंगी । इस संदर्भ में सभी प्रकाशनाधिकार सुरक्षित हैं ।

www.penguin.co.in

FSC
www.fsc.org
MIX
Paper from
responsible sources
FSC® C047271

This is a legitimate digitally printed version of the book and therefore might not have certain extra finishing on the cover.

अनुक्रमणिका

हबीब

एक लड़का था, जिसका नाम हबीब था। दुर्भाग्य से हबीब के बचपन में ही उसके सिर से माता-पिता का साया उठ गया। उसका पालन-पोषण उसके दादाजी ने किया। उसके दादाजी की फूलों की दुकान थी। अक्सर हबीब स्कूल से लौटने के बाद अपने दादाजी की फूलों की दुकान पर चला जाता, जहाँ उसके दादा उसे कहानियाँ सुनाते।

एक दिन वह स्कूल से लौटा, और बिना खाना खाए अपने कमरे में जाकर लेट गया। उसके दादा ने उसे उदास देखकर पूछा, "क्या बात है हबीब?"

हबीब बोला, "दादाजी आज मुझसे मेरे दोस्त ने दोस्ती तोड़ ली। और उसने अपना एक नया दोस्त बना लिया।" यह कह कर हबीब रोने लगा, उसे रोता देखकर उसके दादा ने कहा, "बेटा दुःख न करो, आज से मैं तुम्हारा दोस्त हूँ, चलो आज मैं इसी बात पर तुम्हें एक कहानी सुनाता हूँ।

गर्मियों की छुट्टियों में मीज़ान बदायूं अपने ताऊजी के साथ वहाँ घूमने गया। एक दिन उसका मन किया क्यों न नदी किनारे घूमा जाए, वह नदी किनारे पहुँचा वहाँ ठंडी-ठंडी हवा चल रही थी। वह वहीं करीब में एक पत्थर पर बैठ गया। और नदी में तैरती बत्तखों को देखकर कुछ सोचने लगा, जैसे ही ये बत्तखों का झुंड किनारे पर आया, वह झट से उनकी तरफ़ दौड़ा, अचानक उसका पैर रेत पर पड़े एक

सीप से टकराया, उसने उस सीप को उठा लिया और अपने साथ उसे घर लेकर आ गया। घर आकर उसने सीप को गौर से देखा तो उसके अन्दर उसे बहुत ही सुन्दर सफेद रंग का मोती नज़र आया। उसने उस मोती को सीप में से निकाल लिया। उसके बाद उसने अपने ताऊजी से कहा, "मुझे एक छोटी-सी डिबिया चाहिए।" ताऊजी ने पूछा, क्यों? तो वह बोला, "मैं उसमें एक मोती को रखूँगा।"

उसके ताऊजी ने उसे एक डिबिया लाकर दे दी। उसने उसी समय उस डिबिया में मोती को संभाल कर रख दिया। और वह अपने कमरे में जाकर सो गया। अभी वह गहरी नींद में था अचानक उसकी नींद टूटी, उसने घबराकर चारों तरफ़ देखा, फिर सोचने लगा, मैं सपने में किसी के रोने की आवाज सुन रहा था। अभी वह सोच ही रहा था, वही रोने की आवाज उसके कानों में दोबारा टकराई, उसने मुड़कर देखा, तो हैरान रह गया। मेज़ पर जो डिबिया रखी थी आवाज उसमें से आ रही थी। पहले तो वह डरा, फिर मेज़ की तरफ़ बढ़ा और डरते हुए उसने जैसे ही डिबिया का ढक्कन खोला, उसमें रखा मोती बोल उठा, "हैरान न हो, वह मैं ही हूँ, जो रो रहा था। मेरे नन्हे दोस्त मुझे इस डिबिया की कैद से रिहाई दे दो। इस अंधेरी कोठरी में मेरा दिल घबरा रहा है। कितना अकेला हो गया हूँ मैं।" मोती की यह बात सुनकर मीज़ान बोला, "ग़लत कहा तुमने, जिसके साथ ईश्वर होता है वह कभी अकेला नहीं होता।" ये कहते हुए मीज़ान सीधा नदी किनारे पहुँचा और सीप के अन्दर मोती रखकर घर वापिस लौट आया।

अगली सुबह उसके ताऊजी ने पूछा, "बेटा तुम्हारी डिबिया का मोती कैसा है?" तो मीज़ान ने रात वाला किस्सा उन्हें सुना दिया। इस पर उसके ताऊजी बोले, "बेटा, तुमने बहुत अच्छा किया, उस मोती को उसकी जगह पहुँचाकर, और उससे भी अच्छी बात वह लगी मुझे

जो तुमने उस मोती से कहा, जिसके साथ ईश्वर होता है वह कभी अकेला नहीं होता। तुम्हारी इसी बात पर मुझे वह दोहा याद आ रहा है :

मर जाऊँ माँगू नहीं, अपने तन के काज।
परमारथ के कारणे, मोहि न आवै लाज।।
रहिमन वे नर मरि चुके, जो कहुँ माँगन जाहिं।
उनसे पहले वे मुए, जिन मुख निकसत नाहिं।।

— रहीम

सब्र का फल

महफ़ूज़ा नाम की एक लड़की थी। एक दिन वह बाजार गई, वहाँ उसने एक नीले रंग का चिराग देखा, बस फिर क्या था फौरन उसने उस चिराग को ख़रीद लिया।

घर लौटकर उसने जैसे ही उस चिराग को जलाया, तो अचानक वहाँ एक पतंगा उड़ता हुआ आया और चिराग के चारों तरफ़ मंडराने लगा। महफ़ूज़ा बोली, "चलो हटो यहाँ से।" मगर वह पतंगा वहाँ से नहीं गया।

आख़िरकार महफ़ूज़ा ने थक कर कहा, "अरे भई हट जाओ वहाँ इस चिराग की लौ में तुम्हारे पंख जल जाएँगे।"

महफ़ूज़ा की बात सुनकर पतंगा बोला, "मुझे अपने जलने की फिक्र नहीं, मुझे तो अपने दोस्त को ढूँढने की फिक्र है, इसलिए मैं चाहता हूँ ये चिराग तुम मुझे दे दो।"

महफ़ूज़ा ने पूछा, "क्या करोगे?

पतंगा बोला, "बड़ी नादान हो तुम, क्या इतना भी नहीं जानती, इस रोशनी में मैं अपने दोस्त को आसानी से ढूँढ सकता हूँ।"

पतंगे की बात सुनकर महफ़ूज़ा को उस पर बड़ा रहम आया और उसने वह चिराग पतंगे को दे दिया। पतंगा चिराग लेकर जंगल में पहुँचा, बहुत देर तक उसकी रोशनी में अपने दोस्त को ढूँढता रहा।

मगर अफसोस वह नहीं मिला, अब तो उसकी आँखें भर आईं। आखिर में वह पतंगा उस चिराग को लौटाने महफ़ूज़ा के पास पहुँचा, महफ़ूज़ा ने उससे पूछा, "जो गए थे ढूँढने क्या वह मिला?"

पतंगा बोला,

ढूँढने गया था जिसे, वह तो न मिला मुझे,
मगर एक नई उम्मीद के साथ एक नया हौसला मिला मुझे,
अब तुमसे अलविदा कहते वक़्त बस इतना कहूँगा
फिर करूँ अगर तुमसे चिराग पाने की इल्तिजा तो
दे देना मुझे वह चिराग ईश्वर करेगा तुम्हारा भला।

ये कहते हुए पतंगा उड़ गया। उसके जाने के बाद महफ़ूज़ा बड़ी उदास हो गई। उसकी माँ ने खाना खाने के लिए कहा, तो उसने मना कर दिया। उसकी उदासी देखकर उसकी माँ ने पूछा, "क्या बात है?" तो उसने पतंगे की सारी बात उनको बता दी। तो उसकी माँ बोली, "बेटी अबकि पतंगा आए तो उससे कहना सब्र करे अगर ईश्वर ने चाहा तो उसका खोया दोस्त उसे फिर से मिल जाएगा। अपनी माँ की बात सुनकर महफ़ूज़ा सोचने लगी। कल अगर पतंगा आया तो मैं उससे यही बात कहूँगी। अगले दिन पतंगा आया तो उसने यही बात उससे कही। पतंगा उसकी बात सुनकर चुपचाप चला गया।

इस तरह कई महीने बीत गए। एक दिन अचानक वह पतंगा महफ़ूज़ा के घर आया, महफ़ूज़ा उसे देखकर बहुत खुश हुई। दोनों देर तक बातें करते रहे, फिर पतंगा बोला, "मैं तुम्हें धन्यवाद कहने आया हूँ। उस दिन अगर तुम मुझे सब्र करने को न कहती तो शायद मैं सब्र करना ना सीख पाता। इसी वजह से जानती हो क्या हुआ एक दिन?"

महफ़ूज़ा बोली। "क्या"?

पतंगा बोला, ईश्वर ने कुछ दिनों बाद मेरे दोस्त को दोबारा मेरे जीवन में भेज दिया। ये कहकर पतंगा दूर वादियों में उड़ गया। उसको उड़ता देखकर महफ़ूज़ा को यह छंद याद आ गया :

ईश्वर अंस जीव अविनासी।
चेतन अमल सहज सुखरासी।।

– गोस्वामी तुलसीदास

चिड़िया का दुःख

एक चिड़िया थी। उसके पाँच बच्चे थे। वह अपने चार बच्चों से तो बहुत प्यार करती थी, मगर पाँचवें बच्चे से वह उतना प्यार नहीं करती थी। अक्सर अकेले में चिड़िया का बच्चा अपनी माँ के व्यवहार को देखकर रोता। वह मन-ही-मन सोचता, आख़िर मेरा दोष क्या है? बस यही सोचकर एक दिन वह दूर जंगल की तरफ़ निकल गया। उड़ते-उड़ते वह थककर एक पेड़ पर जा बैठा, तभी उसकी नज़र पास के पेड़ की डाली पर पड़ी, तो हैरान रह गया, उस पेड़ के पत्ते पर एक नन्हीं-सी ओस की बूँद थी जो उससे उसका दुःख पूछ रही थी। उसने ओस की बूँद से कहा, "तुमने कैसे जाना मैं दुःखी हूँ।"

ओस की बूँद बोली, "मुख दर्पण होता है। उस पर दुःख की लकीरें बड़ी आसानी से नज़र आ जाती हैं।"

ओस की बूँद की प्रेम भरी बातें सुनकर चिड़िया का बच्चा रो पड़ा, उसे रोता देखकर ओस की बूँद बोली, "जितनी कठिन परीक्षा और मुसीबत होती है, उतना ही बड़ा उसका फल होता है और ईश्वर जब किसी से प्रेम करता है, तो उसकी ज्यादा परीक्षा लेता है।" ये कहते हुए ओस की बूँद पत्ते में समा गई। और चिड़िया का बच्चा वापिस घर लौट आया और रात में अपने घोंसले में बैठा सोचने लगा –

मैं समझयो निरधार, यह जगुकाँचो काँच सम।
एकै रूप अपार, प्रतिबिम्बित लहियतु जहाँ।।

—बिहारी

क़रीबा

''क़रीबा...क़रीबा...सुनो तो ज़रा, मुझे दोबारा पिंजरे में क़ैद कर दो ना, देखो ना मेरे रंग-बिरंगे पँख टूट गए हैं। मैं अब उड़ना भूल चुकी हूँ।''

''तुमने मुझे इतने दिनों तक पिंजरे में क़ैद रखा। लेकिन अब ये आज़ादी मेरे किसी काम की नहीं रह गई है।''

''उठो न जल्दी से मेरी जान बचाओ अपनी इस शरारती टुक-टुक बिल्ली से।''

ये कहते हुए चिड़िया ने पँख फड़फड़ाए, तो क़रीबा की आँख खुल गई। उसने चारों तरफ़ देखा, सामने उसे वही नन्हीं रंग-बिरंगे पँखों वाली चिड़िया नज़र आई, जिसको उसने सवेरे ही पिंजरे से आज़ाद किया था।

वह चिड़िया को देखकर बोली, ''अरे। अभी तक तुम मेरे घर में ही हो। मैंने तो तुम्हें कब का पिंजरे से आज़ाद कर दिया था। फिर तुम उड़ी क्यों नही?''

क़रीबा की बात सुनकर चिड़िया रोते हुए बोली, ''जब आता था मुझे उड़ना, तब तो तुमने मुझे पिंजरे की काल-कोठरी दे दी और आज जब मैं उड़ना भूल चुकी हूँ, तो कहती हो मैं उड़ान भरूँ।''

''क्या कहा, उड़ना भूल गई, तो फिर क्या हुआ?''

''तुम्हें क्या मालूम जब से मुझे आज़ादी मिली है तब से मैं कैसे अपनी जान बचाती फिर रही हूँ। कभी आकाश का परिंदा मुझ पर

झपटता है तो कभी धरती पर रहने वाला जानवर मुझे अपना निवाला बनाना चाहता है। आख़िर कब तक मैं अपनी जान बचाती फिरूँगी।

चिड़िया की बात सुनकर क़रीबा को बहुत दुःख हुआ उसने उस चिड़िया से माफी माँगते हुए कहा, "माना कि मुझसे ग़लती हुई है, लेकिन इससे पहले मैं तुम्हें एक दोहा सुनाती हूँ, उसको सुनकर तुम निर्णय लेना कि तुम मुझे माफ करोगी या नहीं–

तू मत जानै बावरे, मेरा है सब कोय।
पिंड प्राण से बंधि रहा, सो अपना नहि होय।।

–कबीर

दोहा सुनकर जैसे ही क़रीबा ख़ामोश हुई, चिड़िया बोली, "आज जो तुमसे सुना उसको सुनकर मैं एक बार तो क्या जब तक ज़िंदा रहूँगी ज़ुल्म को सहन करूँगी।" ये कहते हुए चिड़िया ने धीरे-धीरे अपने पंख फड़फड़ाए और फिर उड़ने की कोशिश करने लगी। ईश्वर ने उसका साथ दिया। कोशिश करते-करते एक दिन वह फिर से उड़ना सीख गई।

का पर दया कीजिए, का पर निर्दय होय।
साईं के सब जीव हैं, कीटी कुंजर दोय।।

–कबीर

झूठा वादा

एक बौना था, जो सर्कस में काम करता था। एक दिन उसके दिल में आया, बेकार मैं सर्कस में काम करता हूँ दिन-रात की मेहनत के बाद भी मालिक की झिड़कियाँ ही मिलती हैं। बस यही सोचकर एक रात वह चुपके से निकल भागा।

शहर पहुँचा कई जगह काम माँगा, मगर उसका कद देखकर उसे कोई काम देने को तैयार न हुआ।

एक दिन वह दुःखी मन से एक पेड़ के नीचे बैठा था, अचानक वहाँ से एक जादूगर गुजरा, उसे देखकर जादूगर ने पूछा, "आख़िर क्या बात है तुम क्यों उदास हो?" जादूगर की बात सुनकर बौने की आँखों में आँसू आ गए, वह रोते हुए बोला, ''ईश्वर ने मुझे छोटे क़द का बनाया है, इसमें मेरा क्या दोष।'' ये कहते हुए उसने जादूगर को सारा किस्सा सुना दिया। उसकी बात सुनकर जादूगर बोला, ''अरे तुम फिक्र ना करो, आज से मैं तुम्हारा दोस्त बनकर तुम्हारी हर क़दम पर मदद करूँगा। ये मेरा वादा है तुमसे।''

बौना बोला, ''मैं तुम अजनबी पर कैसे विश्वास करूँ कि तुम सच कह रहे हो।''

इस पर जादूगर हँसते हुए बोला, ''चलो अब तो तुम मुझ पर विश्वास करोगे ना,'' ये कहते हुए उसने कहा, ''मैं ईश्वर की क़सम खाकर कहता हूँ तुमसे आज किया मेरा वादा सच्चा है।''

जादूगर की बात सुनकर अब उस बौने को उस पर यक़ीन हो गया। और वह खुशी-खुशी उसके साथ उसके घर रहने चल दिया।

दो दिन के बाद जादूगर बौने से बोला, "मैं चाहता हूँ तुम भी मेरे साथ जादूगरी सीखकर खूब पैसे कमाओ। मगर इसके लिए तुम्हें महल में से वह लैम्प चुराकर लाना होगा, जिसकी रोशनी में हम जादू का खेल लोगों को बड़ी आसानी से दिखा सकेंगे।"

जादूगर की बात सुनकर बौना बड़े भोलेपन से बोला, "ना बाबा चोरी करना पाप है। तुम ख़रीद क्यों नहीं लेते वैसा लैम्प?"

इस पर जादूगर गुस्से से बोला, "अरे बेवकूफ़ वह लैम्प इतना महँगा है कि मेरे बस में नहीं उसको खरीदना। तुम महलों की चीजों को खरीदने की बात मुझसे न ही करो तो अच्छा है। मैं तो तुम्हें जादूगरी सिखाने के लिए ये सब कह रहा हूँ। नहीं लाना चाहते तो न लाओ।"

जादूगर की नाराज़गी देख़कर बौना मान गया और आधी रात के वक़्त महल पहुँचकर वह लैम्प बड़ी आसानी से चुरा लाया। उसके नन्हे से क़द की वजह से किसी पहरेदार की नज़र भी उस पर नहीं पड़ी और अब उसने उस लैम्प को देकर जादूगर से कहा, "चलो तुम्हारे कहने से लैम्प महल से ले आया। अब तुम अपना वादा पूरा कर मुझे जादूगरी सिखाओ, इस लैम्प की रोशनी में।"

बौने की बात सुनकर जादूगर ज़ोर से ठहाका लगाकर हँसते हुए बोला, "वाह रे बेवकूफ कभी किसी ने अपना हुनर दूसरे को दिया है। मैंने तो ये सब तुमसे इसलिए करवाया कि तुम्हारे क़द की वजह से महल के पहरेदारों की नज़र तुम पर नहीं पड़ती। मेरा काम तो हो गया, अब्र तुम यहाँ से जा सकते हो।"

जादूगर की बात सुनकर बौना रोते हुए बोला, "तुमने मेरे साथ धोखा किया है, याद रखना कल तुम्हारे साथ भी यही हो सकता है। पर जाते-जाते तुमसे जो कहूँ वह याद रखना, ये कहते हुए बौने ने अपने झोले में से एक किताब निकाली और आँसू पोंछते हुए पढ़ने लगा, जिसमें लिखा था :

"इस देही का गरब न करना, माटी में मिल जाए।"

– मीराबाई

अनोखा जंगल

पहाड़ी के उस पार एक ऐसा जंगल था, जो रात होते ही चमकने लगता। पेड़ पौधों में नन्हीं-नन्हीं रंग-बिरंगी किरणें फूटने लगती इतना ही नहीं पक्षियों के पँखों में रंग-बिरंगी रोशनी जलती-बुझती प्रतीत होती और तो और जानवरों के चारों तरफ़ सफेद रंग की रोशनी मंडराती नज़र आती।

सूरज डूबता, पूरा जंगल सफेद रंग की रोशनी में जगमगाने लगता।

फिर जानते हो क्या होता? परियाँ आती हँसती-खेलती और सवेरा होने से पहले लौट जाती।

एक दिन एक लकड़हारा उधर से गुज़रा, उसने जंगल में रोशनी देखी, तो वह हैरान रह गया। बस फिर क्या था भागा-भागा राजा के पास पहुँचा और उसे ये ख़बर सुनाई। लकड़हारे की बात सुनकर राजा दिल-ही-दिल में सोचने लगा, "ज़रूर उस जंगल में बहुत-सा ख़ज़ाना छुपा होगा। जब ऐसा अनोखा जंगल है तो अनगिनत मूल्यवान वस्तुएँ मिल सकती हैं मुझे वहाँ।" बस ये सोचकर राजा रात में सादी वेश-भूषा में जंगल की तरफ़ रवाना हुआ और साथ में लकड़हारे को भी ले गया। चलते-चलते राजा थक गया और एक पेड़ के नीचे बैठ गया। तभी उसे याद आया मैं लकड़हारे को तो ले जा रहा हूँ अगर इसने मुझे अकेला देखकर जान से मार दिया तो? इन्हीं ख़्यालों के साथ वह वापस महल पलटा और अपने सेनापति और घोड़े को साथ ले आया। अब उसे सुकून था, उसका जीवन सुरक्षित रहेगा।

सूरज डूब चुका था और अब वह उस जंगल के क़रीब था। मगर क्या इस जंगल में घना अंधेरा छाया था। थोड़ी देर इन्तज़ार करने के बाद उसने लकड़हारे से कहा, "क्यों भई तुम तो कह रहे थे ये जंगल रात में सोने-चांदी की तरह चमकता है। मगर यहाँ तो कुछ भी वैसा नहीं नज़र आ रहा। अगर मेरे इंतज़ार के बाद भी इस जंगल में अंधेरा रहा तो याद रखना तुम्हें फांसी की सज़ा मिलेगी।" ये कहते हुए राजा गुस्से में पैर पटकते हुए वहीं ज़मीन पर बैठ गया। ज़मीन पर बोरे रखे थे, जिनको वह अपने साथ लाया था इसमें जंगल का ख़ज़ाना भर के ले जाना चाहता था। इन्तज़ार के बाद भी जब जंगल में रोशनी नहीं हुई, तो अब उसे गुस्सा आया उसने उसी समय अपने सेनापति को आदेश दिया, वापिस लौट चलो महल और इस लकड़हारे को सवेरा होते ही फाँसी के तख़्ते पर लटका दो।

इस तरह राजा ख़ाली हाथ महल लौट आया। अगली सुबह लकड़हारे को फाँसी के तख़्ते पर लटकाने का इंतजाम होने लगा।

लकड़हारा बेचारा रो-रोकर अपना सच कह रहा था। उसने सच कहा था जंगल चमक रहा था उस दिन। मगर उसकी बात किसी ने न सुनी। फाँसी का आदेश हुआ तो राजा ने लकड़हारे से कहा, "तुम्हारी कोई अंतिम इच्छा हो तो बता दो।" राजा की बात सुनकर लकड़हारे ने रोते हुए कहा, "महाराज! बस दो बातें कहना चाहूँगा और वह दो बातें मैंने अपनी माँ से सुनी थी।"

राजा बोला, "कहो?"

लकड़हारा बोला, "मैं जब छोटा था तो मेरी माँ हमेशा मुझसे कहती मन की बातों को ईश्वर खूब जान लेता है इसलिए मन को हमेशा पवित्र रखना चाहिए। कोई छल-कपट वैर-भाव नहीं रखना चाहिए। मन अगर पवित्र हो तो पत्थर भी सोना नज़र आता है। शायद इसीलिए

उस रात जब मैं जंगल से गुज़रा तो जंगल सोना-चांदी जैसा नज़र आया।'' लकड़हारे की बात सुनकर राजा सोचने लगा, यही सच भी है, ये लकड़हारा इतना ग़रीब होकर भी कितनी आस्था रखता है। शायद तभी इसने वह सब कुछ देखा जो मैं चाहकर भी न देख पाया। मेरे मन में लालच और खोट था और इसका मन पवित्र था। बस फिर क्या था राजा ने उसी वक़्त लकड़हारे को क्षमा कर दिया। लकड़हारा जाते वक़्त राजा से बोला, ''महाराज! बात कहूँगा एक बहुत भली जिसको याद रखेगी आपकी प्रजा सदियों तक, यह कहते हुआ लकड़हारा बोला,

अमी पियावत मान बिनु, रहिमन मोहि न सुहाय!
मान सहित मरिबौ भलो, बरू बिष देय बुलाय !!

—रहीम

शीनू

शीनू नाम का एक नीलकंठ था। वह जिस पेड़ पर रहता था, उसी पेड़ पर एक मधुमक्खी भी रहती थी। एक दिन शीनू नीलकंठ को उदास देखकर, मधुमक्खी अपने साथी से बोली, "तुम देख रही हो न उस नीलकंठ को।" मधुमक्खी की साथी बोली, "हाँ, बड़ी अजीब है ये, मैं अक्सर देखती हूँ कहीं कोई पक्षी अगर ज़मीन पर मरा हुआ देखती है तो न जाने क्यों उस मृत पक्षी के इर्द-गिर्द इतना शोर मचाती है जैसे कोई इसी का सगा-सम्बंधी मृत्यु शैय्या पर पड़ा हो।" ये कहकर शहद की मक्खी हँस दी। उधर शीनू नीलकंठ उसकी सारी बात सुन चुका था, वह उसी वक़्त दुःखी मन से उड़ता हुआ सीधा समुद्र के किनारे जा पहुँचा और देर तक वहाँ रोता रहा। उसको रोता देखकर समुद्र किनारे बैठा बगुला बोला, "क्या बात है तुम क्यों रो रहे हो?"

नीलकंठ अपने आँसू पोंछते हुए बोला, "मेरे दुःख की वजह है मैं दूसरों का दुःख देख नहीं पाता। जब कहीं कोई पक्षी मरा देखता हूँ तो मैं इतना दुःखी हो जाता हूँ, पूछो मत, आज भी यही हुआ, एक कौए को पेड़ के नीचे मृत देखा तो मुझसे रहा न गया मैं उसके पास जाकर अपना दुःख जताना चाहा, मैं इसी कोशिश में था कोई तो आए ताकि उसे पशु का निवाला न बनने दिया जाए! उसी समय मैंने देखा सामने से भीखू सियार चला आ रहा था, बस मैंने शोर मचाना शुरू कर दिया, ताकि सारे पेड़ के पक्षी वहाँ आ आएँ और उस मृत कौए

को भीखू सियार से बचा लें। मगर देखो न बजाय मेरी मदद करने के, मेरा मज़ाक बनाया उस मधुमक्खी ने। यही थी मेरी रोने की वजह।''

शीनू नीलकंठ की बात सुनकर बगुला बोला, ''कोई बात नहीं आज वह मधुमक्खी तुम पर हँस रही थी, कहीं ऐसा न हो कल उस पर कोई हँसे।'' ये कहकर बगुला चला गया।

शाम हो चुकी थी। शीनू नीलकंठ अपने घौंसले के क़रीब पहुँचा उसे हँसने की आवाज़ आई उसने मुड़कर देखा, दो आदमी मधुमक्खी का छत्ता अपने साथ ले जा रहे थे और मधुमक्खी ज़ोर-ज़ोर से रो रही थी। मगर पास बैठा भँवरा ठहाका लगा कर हँसते हुए आस-पास के पक्षियों से कह रहा था, ''सुनो-सुनो आज की ताज़ा ख़बर हमारे पड़ोसी का घर चोर ले जा रहे हैं। पकड़ो बचाओ।'' ये क्या शीनू नीलकंठ ने जब ये सुना तो उसे बगुले की कही बात याद आ गई। वह मधुमक्खी के पास जाकर बोला, ''सुना तुमने, आज तुम्हारे दुःख पर सब उसी तरह हँस रहे हैं, जैसे कभी तुम मेरे दुःख पर हँसती थी। इसीलिए याद रखना अब मैं जो तुमसे कहूँ। ये कहते हुए नीलकंठ ने उसे एक दोहा सुना दिया :

दोष पराये देखकर चले हँसत हँसत।
आपन याद न आवई जिनका आदि न अन्त।।

—कबीर

जिद्दी–मच्छर

एक मच्छर इतना ज़िद्दी था पूछो मत। जितना उसको जिस काम के लिए मना किया जाता, वह वही करता। एक दिन उसकी माँ ने कहा, ''बेटा अब गर्मी के दिन शुरू होने जा रहे हैं लोग हमें भगाने के लिए तरह-तरह के उपाय करेंगे। इसलिए क्यों न हम अभी से दूर कहीं हरी-भरी वादियों में रहने चलें।''

अपनी माँ की बात सुनकर मच्छर हँसते हुए बोला, ''माँ तुम भी कैसी बातें करती हो, हम क्यों जाएँ, जाएँ वह जो हमें भगाते हैं।'' मच्छर नहीं माना, अंत में उसकी माँ ही उसे छोड़कर जंगल की तरफ़ चली गई। जाते-जाते उससे इतना कह गई, ''देखना तुम्हारी ये ज़िद एक दिन क्या रंग लाएगी। मेरी बात अगर समझ में आ जाए तो चले आना मेरे पास।'' मच्छर कहाँ सुनने वाला था, उसने इस कान से सुना उस कान से निकाल दिया।

वह तो बस रात होती जा पहुँचता किसी के भी घर भनभनाता हुआ, सोते इंसान को काटने। आज भी उसने यही किया! सूरज डूबते ही वह जा पहुँचा एक मकान में, मगर ये क्या आज वह जैसे ही कमरे में पहुँचा देखा घरवाले मच्छरदानी लगा कर सो रहे हैं अब क्या करे? अभी वह सोच ही रहा था कि एक तेज़ धुँआ कमरे में उसे नज़र आया उसने ग़ौर से देखा, एक आदमी वहाँ कोई जलती हुई चीज़ लेकर कमरे में आया और उस जलती हुई चीज़ को बुझा कर चला गया।

बस फिर क्या था, उस ज़िद्दी मच्छर का दम घुटने लगा उसने वहाँ से भागना चाहा मगर भाग न सका। और वह देखते ही ज़मीन पर बेहोश होकर गिर पड़ा। सवेरा हुआ तो उसने खुद को एक कूड़े के ढेर पर पड़े पाया। उसने फिर से उड़ने की कोशिश की मगर उड़ न सका। तभी वहाँ पास बैठी मक्खी उसकी दशा देखकर बोली, "समय एक-सा नहीं होता।"

मक्खी की बात सुनकर उसे अपनी माँ की कही बात याद आ गई। एक दिन मेरी ज़िद मुझे कहीं का न छोड़ेगी। मगर अब पछताने से क्या होता, क्योंकि वह जलते धुएँ की वजह से उड़ ही नहीं सकता था। उसने अपनी माँ को पुकारा, मगर अब वह भी कहाँ सुनती उसकी आवाज़। वह दूर जंगल में जा चुकी थी। वह मन-ही-मन दुःखी होकर सोचने लगा, सही कहा कहने वाले ने :

रहिमन विपदा हूँ भली, जो थोड़े दिन होय।
हित अनहित या जगत में, जानि परै सब कोय।।

—रहीम

मरियम

एक दिन मरियम बाज़ार से घर लौट रही थी रास्ते में उसे एक घायल मैना रोती मिली। वह उस मैना को लेकर घर आ गई। उसकी मरहम पट्टी की। देखते-ही-देखते कुछ दिनों में मैना भली-चंगी हो गई। अब तो उस मैना के खुशी का ठिकाना न था। आठों पहर चटर-पटर बोलती रहती। मैना की इन हरकतों से मरियम की दादी बड़ी परेशान थी। एक दिन उन्होंने पेड़ से एक शाख तोड़ी और मैना के पिंजरे पर मारकर बोली, "जी चाहता है इस डंडी से तेरी ख़ूब पिटाई करूँ। जब देखो बक-बक करती रहती है, तंग आ गई हूँ तेरी आवाज सुनते-सुनते।"

दादी की बात सुनकर अब तो मैना को बड़ा दुःख हुआ, और वह उसी वक़्त मरियम को छोड़कर चली गई। मरियम स्कूल से लौटी तो उसकी नज़र पिंजरे की तरफ़ गई, खाली पिंजरा देखकर मरियम घबरा गई। दौड़कर अपनी दादी के पास गई, और उनसे बोली, "दादी माँ मेरी मैना कहाँ गई?"

मरियम की बात सुनकर दादी बोली, "चलो अच्छा हुआ उस बातूनी मैना से मुझे छुटकारा मिला।"

दादी की यह बात सुनकर मरियम को बड़ा दुःख हुआ। कई दिनों तक उसने मैना को ढूँढा, उसकी प्रतीक्षा की। मगर मैना नहीं लौटी। इस तरह कई दिन बीत गए। अचानक एक दिन मरियम की दादी बीमार हो गई, अब तो मरियम और भी ज़्यादा दुःखी हो गई, क्योंकि

ले दे के उसका सहारा दादी ही थी, उसने उनके जीवन के लिए ईश्वर से प्रार्थना की।

एक दिन मरियम ने देखा दादी का इलाज कराते-कराते गुल्लक में जमा सारे पैसे भी ख़त्म हो चुके हैं। अब क्या करे? इसी उलझन में वह आधी रात के वक़्त आंगन में आकर नीम के पेड़ के नीचे बैठ गई। तभी अचानक उसे मैना की अवाज़ आई, उसने पेड़ की तरफ़ देखा, हैरान रह गई, वह मैना पेड़ पर बैठी उससे कह रही थी :

"ना हो उदास मेरी नन्हीं सखी मैं हूँ तो सही तेरे पास", ये कहते हुए मैना ने अपनी चोंच में दबी एक लाल रंग की थैली नीचे फेंकी। मरियम ने थैली उठाकर देखा, उसमें एक सोने की अशर्फी थी। जो एक धागे में पिरोई हुई थी।

मरियम की कुछ समझ में न आया उसने मैना से पूछा, "क्या तुम ये कहीं से चोरी करके लाई हो?" तो मैना बोली, "दोस्त मुझ पर शक ना करो, मैं इसे कहीं से चुरा कर नहीं लाई।" ये कहते हुए मैना बोली, "तुम्हारा कर्ज़ है मुझ पर उस दिन तुम मुझे घायल अवस्था में अपने साथ घर लाई मेरी मरहम पट्टी की मुझे आश्रय दिया। तुम नहीं जानती तुमने मुझ पर कितना बड़ा एहसान किया है। मगर मैं यहाँ रह न सकी। लेकिन यहाँ से जाने के बाद भी मैं रोज़ छुपकर तुम्हें देखने आया करती, तभी तो मैं जान सकी तुम कितनी परेशान हो अपनी दादी को लेकर। मगर अब फ़िक्र ना करो, इस सोने के सिक्के को बाज़ार में बेचकर दादी का उपचार करवाओ।" मैना की सारी बातें सुनकर मरियम बोली, "जब तक तुम मुझे ये नहीं बतलाओगी कि सोने का सिक्का तुम्हें मिला कहाँ से? तब तक मैं इसे नहीं लूँगी।" मरियम की ज़िद देखकर मैना ने कहा, "एक रानी थी, जो दूर देश में रहती थी। वह मुझसे बहुत प्रेम करती थी। मैं हर रोज़ उसे सुनाती

कुछ खट्टी तो कुछ मीठी बोली। तो बदले में वह मुझसे बस इतना कहती मैना रानी तुम मुझे कभी न भुलाना और फिर एक दिन रानी ने मेरे गले में ये सिक्का पहनाकर कहा, 'ये मेरी तरफ़ से तुम्हारा उपहार है। और इसी के साथ तुम्हारी एक अलग पहचान भी है, ताकि जब तुम आकाश में उड़ी तो दूर से पहचानी जाओ।' उस दिन मैं अपनी नई पहचान के साथ बहुत खुश थी। एक महीना बीता था। रानी ऐसी बीमार पड़ी सदा के लिए संसार को अलविदा कह गई। उसके चले जाने के बाद मैं भी महल छोड़ दूर जंगलों में जा पहुँची। लेकिन एक दिन ज़मीन पर बैठी दाना चुग रही थी एक जंगली बिल्ला मेरी तरफ़ झपटा, मुझे घायल कर गया। जैसे तैसे मैंने अपनी जान बचाई। तभी मैं तुम्हें मिल गई तुमने मुझे बचाकर नया जीवन दिया।'' ये कहते हुए मैना उड़ गई। उसके जाने के बाद मरियम देर तक उस लाल रंग की थैली को देखती रही। अगली सुबह जब वह स्कूल पहुँची तो उसने ये बात अपनी टीचर को बताई, तो उसकी टीचर बोली :

मधुर वचन है औषधी, कटु वचन है तीर।
श्रवण द्वार हैं संचरै, सालै सकल शरीर।।

—कबीर

छोटी सी बात

एक दिन रिमझिम नाम की चिड़िया से तितलियों ने कहा, "तुम तो जंगल में पेड़ों पर बड़े आराम से रहती हो। मगर हम कहाँ जाएँ। कहीं भी फूल नज़र नहीं आते।"

रिमझिम चिड़िया बोली, "बस इतनी सी बात? मैं तुम सबकी परेशानी जल्द ही दूर कर दूँगी। ये मेरा वादा है तुमसे।"

अब अगले दिन से रिमझिम चिड़िया जब किसी राहगीर को उधर से गुज़रते देखती, ज़ोर-ज़ोर से कहना शुरू कर देती, "सुनो सुनो इस जंगल की ज़मीन के नीचे खज़ाना दबा है, देर ना करो जल्दी ले जाओ।"

एक दिन उधर से एक डाकू अपने साथियों के साथ गुज़र रहा था, उसने सुना तो वह खुशी से झूम उठा, उसने फ़ौरन अपने साथियों को आदेश दिया। जंगल की ज़मीन खोद डाली। मगर वहाँ किसी को कुछ न मिला।

उधर रिमझिम चिड़िया जल्दी से अपनी चोंच में दबा कर ढेर सारे बीज ले आई और उस ज़मीन पर डाल दिया। फिर वह नदी किनारे पहुँची, मानू हाथी से बोली, "तुम अपनी सूँड़ में ढेर सारा पानी लेकर जंगल की तरफ़ चलो।" मानू हाथी ने वही किया। वह अपनी सूँड़ में पानी भरकर जंगल पहुँचा और चिड़िया ने जैसा कहा उसने वैसा ही किया।

करीब एक महीने बाद उस ज़मीन पर नन्हें-नन्हें फूलों के पौधे उगे और कुछ दिनों बाद उन पर रंग-बिरंगे फूल भी आ गए। तितलियाँ खुशी से उन फूलों पर मंडराने लगी। उनमें से एक तितली बोली, ‘‘सच्ची मित्रता इसी को कहते हैं। सच में रिमझिम चिड़िया ने अपना वादा निभाया।’’ तभी उनमें से एक तितली बोली, ‘‘फूल में बसी खुशबू की तरह ही हर चीज़ में ईश्वर का प्रेम है।’’ इतने में रिमझिम चिड़िया भी वहाँ आ गई उनकी बातें सुनकर बोली, ‘‘हाँ बताओ न कहाँ से सीखा?’’ चिड़िया बोली, ‘‘इस जंगल में आने से पहले मैं एक स्कूल में घोंसला बना कर रहती थी। वहाँ एक टीचर एक दिन अपनी कक्षा के विद्यार्थियों से कह रही थी :

कीरति भनित भूत भलि सोई।
सुरसरि सम सब कह हित कोई।।

—गोस्वामी तुलसीदास

एक थी आईशा

एक पतंग जो दूर कहीं से टूट कर हवा के झोंके के साथ इधर से उधर उड़ी जा रही थी। अचानक हल्की-हल्की बारिश होने लगी। उन रिमझिम फुहारों को देखकर अब तो उस पतंग का दिल घबराने लगा, वह सोचने लगी, "एक तो पहले ही मैं डोर से टूट चुकी हूँ, ऊपर से ये बारिश की बूँदें मुझे फ़ना (बर्बाद) करने पर तुली हैं। अब मेरा क्या होगा?"

ये सोचकर उसने बारिश की बूँदों से कहा, "ऐ बारिश थम जा, न बरस मुझ पर रहम कर।" उसकी बात सुनकर बूँद बोली, "ये क्या बात हुई हम तो ईश्वर के आदेश से आए हैं।" तो बेचारी पतंग ख़ामोश हो गई। बारिश के रुकते ही पतंग हवा के झोंके के साथ उड़ती हुई दूर समुद्र के किनारे रेत पर जा गिरी। खिली धूप में वह सूखकर फिर से अपने पुराने रूप में आ गई। अब वह खुश थी कि मैं दोबारा ज़िन्दा हो गई हूँ।

पतंग को खुशी से झूमता देखकर वहाँ बिखरी रेत बोली, "सुन सहेली कैसी है तू अजीब पहेली कुछ देर पहले तो तू रो रही थी। लेकिन तू ये भूल गई थी ईश्वर जब तक नहीं चाहता तब तक कोई किसी को नुक़सान नहीं पहुँचा सकता तुम्हारे भाग्य में भीग कर सूखना लिखा था सो वही हुआ।" रेत की बात सुनकर पतंग बड़ी शर्मिन्दा हुई, कहने लगी, "हाँ तुमने सही कहा।" उस दिन इस बात के बाद दोनों में दोस्ती हो गई वे दोनों आपस में बातें कर रही थी कि एक

तेज़ लहर किनारे पर आई, लहर को देखकर रेत पतंग से बोली :

सुन सहेली ये है मेरी हमजोली
जब चाहे मैं इससे बात करूँ
जब न चाहूँ तो इससे बॉयकाट करूँ।

ये कहकर रेत हँसने लगी। उसको हँसता देखकर पतंग बोली, "मैं कुछ समझी नहीं।" इस पर रेत ने कहा, "अरे नादान तुम्हारी तरह ये भी मेरी सखी है। जब कभी मेरा दिल घबराता है, तो मैं इसमें समा कर दूर घूमने चली जाती हूँ। फिर लौटकर यही समुद्र के किनारे आ जाती हूँ और ये लहर वापिस समुद्र में लौट जाती है। लेकिन सोचती हूँ आज मैं तुम्हें भी घुमाने ले चलूँ।" अभी रेत ये बात कह ही रही थी, लहर बोली, "क्यों न हम अपनी इस नई दोस्त को आईशा टीचर से मिलवाने ले चलें। पतंग बोली, "ये आईशा कौन है?"

लहर बोली,

आईशा एक अनोखा किरदार है
जो शहद से भी मीठा, तारों से भी ज्यादा चमकदार है
उसके चेहरे पर हर सू बिखरी रहती है
नूर की चादर बोल है
उसके अनमोल ज्ञान का है वह भण्डार
विद्यार्थियों के लिए है वह एक अनुपम उपहार

तो चलो न अभी उसके पास पतंग ने कहा, और अब वह तीनों उस बस्ती की तरफ़ चल दी। थोड़ी देर में वह आईशा टीचर के घर के पास पहुँच गई। पानी की लहरों ने रेत को अपने अंदर छुपा रखा था। और हवा ने पतंग को अपना सहारा दिया था। हवा हल्के-हल्के पतंग को उड़ाकर आईशा के घर की खिड़की के पास छोड़ आई, और

लहर रेत को आईशा के आंगन में छोड़ आई। पतंग बोली, "कहाँ है आईशा?" इस पर रेत बोली, "हे ईश्वर! तुम क्षणभर भी प्रतीक्षा नहीं कर सकती, कौन कहेगा तुम उड़ान भरने का हुनर रखती हो।" अभी वह दोनों आपस में बातें कर रही थी। अचानक उनको आईशा टीचर की आवाज़ सुनाई दी। जो बच्चों से कह रही थी। प्यारे बच्चो आज मैं तुम्हें जो सुनाने जा रही हूँ उसे ध्यान से सुनना, ये कहते हुए वह बोली :

बिना गुरु के ज्ञान नहीं होता।

बँदऊ गुरु पद कंज, कृपा सिन्धु नर रूप हरि।
महा मोह तम पुंज, जासु वचन रवि कर निकर।।

—तुलसीदास

क़िस्मत का लिखा

किसी गाँव में अरहम और रहमत नाम के दो दोस्त रहते थे। अरहम स्वभाव से नम्र और सब्र करने वाला था। मगर रहमत बहुत ही गुस्सैल और बात-बात पर भाग्य को कोसने वाला।

अक्सर अरहम रहमत को समझाता, "देखो रहमत तुम स्वयं को बदलो, हर हाल में संतोष करना सीखो। ज़रा सोचो ऊपर वाले ने तुम्हें इतना कुछ दिया है फिर भी तुम हर वक़्त अपने भाग्य को कोसते रहते हो, हरेक की बराबरी करने की सोचते हो।" अरहम की बात सुनकर रहमत को गुस्सा आ गया, उसने उसे ताना देते हुए कहा, "तुम दिन-रात मेहनत करते हो फिर भी वहीं के वहीं हो। कौन-सा तुम धनी हो गए।" रहमत की ये बात सुनकर अरहम को बहुत दुःख हुआ। बस जाते वक़्त वह उससे इतना बोला, "मेहनत की रोटी चटनी कहीं भली होती है स्वादिष्ट पकवानों से।"

करीब एक हफ्ते बाद अरहम रहमत से मिलने पहुँचा तो रहमत ने उससे कहा, "दोस्त मुझे क्षमा कर दो। उस दिन मैंने तुम्हें बहुत कुछ कह दिया था।" रहमत की बात सुनकर अरहम हँस कर बोला, "मित्रता में ये सब तो चलता ही रहता है", और अब रहमत ने उससे आग्रह किया, क्या वह उसके साथ गाँव में लगी हाट में चल सकता है। अरहम बोला, हाँ...हाँ क्यों नहीं।

और इस तरह वह दोनों गाँव की तरफ़ चल दिए। चलते-चलते

रहमत थक गया, उसे बहुत ज़ोर की प्यास लगी, उसने अरहम से कहा, "काश, मैं अपने साथ पानी ले आता।" इस पर अरहम बोला, "अरे जब मैं हूँ तो तुम्हें चिंता किस बात की तुम यहीं ठहरो मैं तुम्हारे लिए पानी लेकर आता हूँ।" ये कहकर अरहम किसी कुएँ की तलाश में आगे बढ़ा, उसने आधे से ज़्यादा रास्ता तय कर लिया, मगर कहीं कोई कुआँ नज़र न आया। वापिस लौट कर उसने रहमत से कहा, "ऐसा करो तुम भी साथ चलो, दोनों मिलकर कहीं कुआँ तलाश कर ही लेंगे।" रहमत मान गया। और वह जैसे ही अरहम के साथ आगे बढ़ा। अचानक उसका पैर एक बड़े से पत्थर से टकराया और वह वहीं ज़मीन पर गिर पड़ा। उसके पैर से ख़ून बहने लगा। उसको लहूलुहान देखकर अरहम बोला, "बेकार मैंने तुमको साथ चलने को कहा," फिर कुछ सोच सोचकर बोला, "ईश्वर जो भी करता है इंसान के भले के लिए करता है, क्या पता इस चोट लगने के पीछे भी इसमें तुम्हारी कोई भलाई हो। अब तुम यहीं रुको।" ये कहते हुए उसने रहमत को वहीं पास के एक पेड़ के नीचे बैठा दिया। और एक बार फिर पानी की तलाश में चल दिया। थोड़ी दूर पहुँचा, सामने से एक आदमी आता नज़र आया उसने उस आदमी से पूछा, "भाई यहाँ कहीं पानी मिल जाएगा?" उस आदमी ने दाँई तरफ़ इशारा करके कहा, "सड़क के उस पार एक जंगल है, वहाँ पर एक कुआँ है चाहो तो वहाँ से पानी भर लाओ।"

अरहम बोला, "मेरे पास तो पानी खींचने के लिए कोई बर्तन नहीं है।"

अरहम की बात सुनकर आदमी बोला, "जब तुम्हारे पास बर्तन नहीं है रस्सी नहीं है तो कुएँ की खोज़ क्यों?" ये कहकर वह हँसने लगा, फिर कुछ सोचकर बोला, "अरे हाँ एक बात तो तुमसे कहना भूल

ही गया, अगर उस कुएँ के पास जाना तो ज़रा चौकन्ने होकर जाना, क्योंकि वहाँ कुएँ के आस-पास अक्सर कोई ना कोई जंगली जानवर फिरता नज़र आता है। इसलिए सूरज डूबने से पहले ही जाना वहाँ। वह आदमी चला गया। उसके जाने के बाद अरहम बड़ी हिम्मत करके उस कुएँ के पास पहुँचा तो क्या देखा एक भेड़िया कुएँ के पास बैठा है। वह डर के मारे वहीं एक पेड़ के पीछे छुप गया और फिर जैसे-तैसे छुपता छुपाता वापिस रहमत के पास लौटा और उससे बोला, ''जल्दी चलो यहाँ से।''

रहमत ने पूछा, ''क्यों?''

अरहम बोला, ''अभी समय नहीं है तुम्हारे सवाल का जवाब देने का।'' ये कहते हुए वह रहमत को सहारा देकर घर लौट आया। अगले दिन उसने रहमत से कहा, ''अगर तुम्हारे पैर में चोट नहीं लगती तो ना जाने तुम्हारे साथ क्या होता।'' ये कहते हुए उसने रहमत को कुएँ वाली बात बताई। और फिर रहमत से कहा, ''अगर तुम्हारे पैर में चोट नहीं लगती तो शायद तुम जाते उस कुएँ के पास, क्योंकि तुम प्यास से बेहाल थे। फिर नतीजा क्या होता वह भेड़िया तुम्हें ज़िंदा नहीं छोड़ता।''

अरहम की बात सुनकर रहमत की आँखों में आँसू आ गए। और फिर उसने उसी दिन से स्वयं को बदलने का प्रण किया। तो अरहम बोला, ''आज मैं तुमसे जो कहूँ उसे याद रखना, यह कहते हुए अरहम ने कहा :

गोधन, गजधन, बाजिधन और रतन धन खान।
जब आवै सन्तोष धन, सब धन धूरि समान।।

—कबीर

अनमोल चिराग़

एक लड़की थी। जिसका नाम नेहा था। एक दिन वह स्कूल से घर लौट रही थी, रास्ते में उसे एक पेड़ के नीचे नीले रंग का दीया रखा दिखाई दिया। वह उस पेड़ के क़रीब गई, दिए को उठाकर देखा तो वह उसे बहुत ही सुंन्दर और अद्भुत लगा। बस फिर क्या था वह उस दीए को घर ले आई।

अब उसे अपनी माँ का डर था, अगर उन्होंने देख लिया तो वह पूछेगी फिर मैं क्या जवाब दूँगी फिर सोचने लगी अगर इसे घर में कहीं छुपा दिया, तो भी माँ देख लेगी। हो सकता है उसे कूड़े में न फेंक दे। ये दीया मेरे लिए बहुत अनमोल है ये सोचते हुए उसने उस दीए को अपने स्कूल बैग में छुपा कर रख लिया।

अगले दिन जब स्कूल से घर लौटी तो देखा, माँ पापा से कह रही थी, "पता है आज सुबह जब मैं नेहा के स्कूल बैग में लंच बॉक्स रखने लगी, तो उसने मुझे अपना बैग छूने नहीं दिया। न जाने उसने ऐसा क्यों किया?" नेहा की माँ की बात सुनकर उसके पापा बोले, छोड़ो इन छोटी-छोटी बातों को।" ये कहकर वह ऑफिस चले गए। उधर अपनी माँ की बात सुनकर नेहा डर गई। और अब वह चुपचाप अपने कमरे में जाकर सो गई। तभी अचानक खड़-खड़ की आवाज़ से उसकी नींद टूटी, देखा माँ स्कूल बैग में कुछ ढूँढ रही है, वह घबराकर बोली, "माँ मेरे बैग को मत छूईए।" नेहा की बात सुनकर उसकी माँ

ग़ुस्से से बोली ''आख़िर इस बैग में क्या है जो तुम मुझसे छुपा रही हो।'' ये कहते हुए जैसे ही उसकी माँ ने बैग से किताबें निकाली। वह दीया भी उन किताबों के साथ बाहर आ गया ''अरे क्या फ़ालतू सामान बटोर रखा है इसने, किसने दिया? कहाँ से लाई?'' नेहा की माँ ने पूछा और फिर कहा, ''चलो इसे बाहर फेंक कर आओ।'' माँ की बात सुनकर नेहा की आँखों में आँसू आ गए डरते हुए बोली, ''माँ इस दीए को फेंकने को मत कहिए।'' नेहा को रोते देख उसकी माँ ने वह दीया उसे वापिस दे दिया। उसी शाम तेज़ बारिश हुई, पूरे मुहल्ले में चारों तरफ़ पानी भर गया। इतने में लाईट भी चली गई। नेहा की माँ ने किचन में जाकर देखा मोमबत्ती नहीं मिली। क्या करें? ये सोचते हुए नेहा की माँ नेहा के पापा के लौटने की प्रतीक्षा करने लगी। जैसे-जैसे समय बीतता जा रहा था नेहा की माँ की परेशानी बढ़ती जा रही थी, क्योंकि उनकी पूजा का समय निकला जा रहा था। उन्हें इस बात की चिंता थी पूजा-घर में रोशनी कैसे करूँ? ना लाईट ना ही मोमबत्ती, और ना ही तेल था, जो दीया बना लेती।

आख़िरकार हार कर वह पूजाघर की तरफ़ बढ़ी जैसे ही अंधेरे में हाथ जोड़े वैसे ही पीछे से एक रोशनी दिखाई दी, देखते ही देखते उस तेज़ रोशनी से मंदिर का कोना-कोना जगमगाने लगा। उसकी माँ ने घबराकर मुड़कर देखा तो हैरान रह गई। सामने वही नीले रंग का दीया जल रहा था और उसकी तेज़ रोशनी से पूरा मंदिर जगमगा रहा था। यह देखकर वह खुशी से नेहा से बोली, ''अरे नेहा क्या यह वही दीया है।''

नेहा ने मुस्कुरा कर कहा, ''हाँ माँ, यह वही दीया है।''

इस पर उसकी माँ बोली, ''बेटी आज मैं इस रोशनी को देखकर यही सोचती हूँ ईश्वर हर संकट में मनुष्य का सहारा बनते हैं। आज

उसने मेरे पूजा घर को इस दीए की बदौलत उजाले में बदल दिया। आज सच्चे मन से ईश्वर से क्षमा माँगती हूँ।'' यह कहते हुए वह पूजा करने लगी। नेहा हँसकर बोली, ''माँ आपको नहीं मालूम ये मेरे टीचर अमीन ने एक दिन हम सब बच्चों से कहा था। कभी-कभी न काम आने वाली चीज़ भी समय आने पर काम की साबित हो जाती है। जैसे कि मेरा ये प्यारा दीया।'' नेहा की बात सुनकर उसकी माँ बोली, ''हाँ बेटी, लेकिन मुझे ये नहीं मालूम था कि मेरी बेटी समझदार हो गई है।'' कहते हुए उन्होंने नेहा को गले से लगा लिया।

अगली सुबह नेहा स्कूल जाने के लिए जैसे ही घर से निकली, उसे ऐसा लगा जैसे वही दीया उससे पुकार कर रहा हो :

ज्यों रहीम गति दीप की, कुल कपूत गति सोय।
बारे उजियारो बढ़ै, बुढ़ै अंधेरो होय।।

—रहीम

सुनो कहानी

सुबह-सवेरे सोनी अपने दादा जी के साथ पार्क में टहलने गई, तो वहाँ खिले रंग-बिरंगे फूलों को देखकर बोली, "दादा जी क्या ये फूल भी हमारी तरह साँस लेते हैं? इन्हें कौन खिलाता है?" सोनी की भोली बात सुनकर उसके दादा जी हँसते हुए बोले, "बेटी संसार की हर वस्तु का पालनहार ईश्वर है। जैसे कि वह ख़रगोश", ये कहकर उसके दादा जी ने उसे कहानी सुनानी शुरू की :

एक चिड़िया सवेरे खाने की तलाश में अपने घोंसले से निकली। अभी वह कुछ ही दूर पहुँची थी कि एक पेड़ के नीचे उसने एक ख़रगोश को रोते देखा, चिड़िया ने उससे पूछा, "तुम क्यों रो रहे हो?"

ख़रगोश बोला, "क्या बताऊँ जिस घर में मैं रहता था, उसके घरवाले घर की रखवाली के लिए एक कुत्ता ले आए और मुझे जंगल में छुड़वा दिया। कहाँ कल तक मैं उस घर में नरम-नरम घास खाता था। हाय अब मुझे खाना कहाँ से मिलेगा? कल से इस जंगल में भटक रहा हूँ पता नहीं खाना मिलेगा भी कि नहीं। कहीं ऐसा न हो यूँ ही भूखा मर जाऊँ।" अभी वह ये बात कह ही रहा था कि अचानक उस पेड़ से एक फल आकर गिरा, ख़रगोश ने ऊपर देखा तो वहाँ उसे एक तोता बैठा नज़र आया, उसने तोते से पूछा, "क्या ये फल तुम्हारा है।" तोता बोला, "थोड़ी देर पहले तक तो ये मेरा था, मगर जब मैंने

तुम्हारी बात सुनी, तो अब ये तुम्हारा है। अब जल्दी से इसे खाओ और अपनी भूख मिटाओ।'' ये कहकर तोता फुर्र से उड़ गया। ख़रगोश ने खुशी-खुशी फल खाना शुरू किया तो चिड़िया बोली, ''देखा तुमने, ईश्वर कभी किसी को भूखा नहीं रखता।'' कहानी ख़त्म हुई तो सोनी के दादाजी बोले, ''सोनी मेरी इस बात को हमेशा याद रखना'', यह कहते हुए उन्होंने सोनी को दोहा सुनाया :

साईं इतना दीजिये, जामे कुटुम्ब समाय।
मैं भी भूखा न रहूँ, साधु न भूखा जाय।।

—कबीर

दान का महत्व

एक दिन की बात है। राजेश दादी माँ की गोद में था, तो कहानी सुनाने के लिए हठ करने लगा। इतने में उसकी छोटी बहन गुड़िया आ गयी, जिसके हाथ में राजेश का खिलौना था। झठ से राजेश दादी की गोद से उतरा और अपना खिलौना छीन लिया। गुड़िया बेचारी रोने लगी। दादी ने उसे कहा, "गुड़िया को दे क्यों नहीं देता यह खिलौना।"

"नहीं मैं नहीं दूँगा, मुझे क्या दानवीर कर्ण समझा है।"

"जानता भी है दानवीर कर्ण कौन था?"

"नहीं पता," उसने खिलौना फेंक दिया था और फिर दादी के पास आकर कहने लगा, "दादी आज दानवीर कर्ण और दान की कहानी ही सुनाओ ना!"

"अच्छी बात है सुनाती हूँ।" दादी उसे कहानी सुनाने लगी थी :

एक दिन भगवान् श्रीकृष्ण पाण्डवों के महल में बैठकर बातें कर रहे थे। बातों ही बातों में श्रीकृष्ण ने कर्ण की प्रशंसा करते हुए कहा–"कर्ण जैसा दानी इस दुनिया में और कोई हो ही नहीं सकता।"

कर्ण की प्रशंसा सुन अर्जुन को गुस्सा आ गया, उसने फौरन श्रीकृष्ण से कहा–"न जाने आप हर समय कर्ण के ही गुण क्यों गाते रहते हो। दान तो हम सभी करते हैं। फिर कर्ण में ऐसा क्या है, जो आप हर समय उसी के गुण गाते हो?"

श्रीकृष्ण ने मुस्कुराते हुए अर्जुन से कहा–"समय आने पर वह सब दिखा देंगे।"

समय बीतता गया। बरसात का मौसम आया। एक दिन घनघोर वर्षा हो रही थी। श्रीकृष्ण अर्जुन के साथ राजमहल में बैठकर बातें कर रहे थे। इतने में एक ब्राह्मण राजमहल के द्वार पर दस्तक देता है। पूछने पर पता चलता है कि ब्राह्मण के पिता की मृत्यु हो गयी है और ब्राह्मण को पिता के दाह संस्कार के लिए कहीं भी सूखी लकड़ियाँ नहीं मिलीं, सूखी लकड़ी की तलाश में ही वह राजमहल पहुँचा था।

ब्राह्मण की बात सुन अर्जुन ने फौरन अपने सेवकों को लकड़ियाँ का बन्दोबस्त करने का आदेश दिया।

थोड़ी ही देर में सारे सेवक अर्जुन के पास खाली हाथ लौट आये, क्योंकि घनघोर वर्षा के कारण महल के भण्डार की सभी लकड़ियाँ गीली हो गई थीं।

अर्जुन ने ब्राह्मण को अपनी विवशता बताई और याचक को अर्जुन के महल से खाली हाथ लौटना पड़ा।

अर्जुन के महल से निकल कर ब्राह्मण कर्ण के पास पहुँचा, परन्तु कर्ण के भण्डार में भी कोई सूखी लकड़ी नहीं मिली। लेकिन कर्ण ने ब्राह्मण को वापस नहीं भेजा। कर्ण ने स्वयं अपना धनुष-बाण उठाया। बाण मार-मार कर कर्ण ने अपने सुंदर महल के मूल्यवान किवाड़, चौखटे, पलंग आदि तोड़ डाले और लकड़ियों का ढेर लगा दिया। सब लकड़ियाँ चंदन की थी। यह सब देखकर ब्राह्मण ने कर्ण से कहा–"ऐसा करने से तो सारा महल ही खराब हो रहा है।"

कर्ण ने उसकी नहीं सुनी और कहा–"महल तो दोबारा बन जायेगा, पर यह क्षण फिर दोबारा लौटकर नहीं आयेगा। ज़ब दुनिया को पता चलेगा कि कर्ण के यहाँ से एक ब्राह्मण खाली हाथ लौट गया, तो मेरी

प्रतिष्ठा पर कलंक लग जायेगा। मेरे पास से कोई याचक खाली हाथ नहीं जायेगा।''

और देखते ही देखते कर्ण ने महल के दरवाजे, शहतीर आदि तोड़कर ब्राह्मण को उसके पिता के अन्तिम संस्कार के लिए लकड़ी दे दी।

कर्ण के यहाँ से मिली हुई लकड़ियों से ब्राह्मण ने चिता बनाई और अपने पिता के अंतिम संस्कार की तैयारी में लग गया।

श्रीकृष्ण भी इसी मौके की तलाश में थे। श्रीकृष्ण उसी समय अर्जुन को सैर कराने के बहाने उसी जगह ले गये, जहाँ ब्राह्मण अपने पिता का अंतिम संस्कार कर रहा था।

अर्जुन ने ब्राह्मण को पहचान लिया और उत्सुकता से पूछा—''आखिर इतनी सारी सूखी लकड़ियाँ मिली कहाँ से?''

ब्राह्मण ने अर्जुन को बताया कि कर्ण ने अपने महल के शहतीर और दरवाजे काट कर लकड़ी का बंदोबस्त किया है।

श्रीकृष्ण इसी पल का इंतजार कर रहे थे। उन्होंने फौरन अर्जुन से कहा—''देखा अर्जुन! मैं हमेशा कर्ण की ज्यादा प्रशंसा इसलिए करता हूँ, क्योंकि कर्ण के स्वभाव में दान है। दानी तो तुम भी हो, तुम्हारे महल में भी लकड़ी की बनी अनेक वस्तुएँ थी, पर तुम्हें ऐसा करने का ख्याल नहीं आया। ऐसी बात सिर्फ कर्ण ही सोच सकता है। दुनिया में कर्ण जैसा दानी और दूसरा नहीं मिल सकता।''

''और कहानी सुनाओ ना दादी।'' कहानी सुनकर राजेश फिर एक और कहानी की हठ करने लगा। तो अब दादी फिर दूसरी कहानी सुनाने लगी थी :

कर्ण 'दानवीर' के नाम से जाना जाता था। सभी कर्ण के दानी स्वभाव की बड़ी प्रशंसा करते थे। कर्ण की इस प्रशंसा से अर्जुन हमेशा चिढ़ा करते थे। एक दिन कृष्ण ने कर्ण और अर्जुन के दान की परीक्षा

लेने का निश्चय किया। उन्होंने अपनी माया से एक सोने का पहाड़ बनाया और पहले अर्जुन से कहा–"सूरज डूबने से पहले उसे सारा पहाड़ दान कर देना है।" अर्जुन ने तुरन्त पहाड़ काटकर उसे बाँटना शुरू कर दिया। अर्जुन सुबह से शाम तक बिना कुछ खाये-पिये, बिना रुके पहाड़ काटता रहा, पर शाम तक सिर्फ आधा ही पहाड़ काट सका। शाम को उसने अपनी हार मान ली।

दूसरे दिन कृष्ण ने फिर वैसा ही पहाड़ बनाया और कर्ण से उसे बाँटने को कहा। कर्ण को पहाड़ बाँटने का काम सौंप कर श्रीकृष्ण और अर्जुन वापस लौट रहे थे। अभी उन्होंने आधा रास्ता भी तय नहीं किया था कि पीछे से तेजी से एक रथ आता दिखाई दिया। रथ कर्ण का था।

कर्ण को वापस आता देख अर्जुन को बड़ा आश्चर्य हुआ, क्योंकि वह पूरे दिन काम करके भी पूरा पहाड़ काट कर दान नहीं कर पाया था।

कर्ण ने पास आकर श्रीकृष्ण से कहा, "भगवन्! मैंने अपना काम पूरा कर दिया है।"

अर्जुन को बड़ा आश्चर्य हुआ, उसने कर्ण से पूछा कि यह कैसे संभव हुआ। तब कर्ण ने जवाब दिया–"मैंने आस-पास के सभी गाँव वालों को बुलवाकर उनसे कहा कि जो जितना सोना चाहे, पहाड़ तोड़कर ले जाये। इतना कहना था कि सारे गाँव वाले पहाड़ तोड़ने में जुट गये और थोड़ी ही देर में सारे पहाड़ के छोटे-छोटे टुकड़े हो गये।"

तब कृष्ण ने अर्जुन से कहा, "देखा पहाड़ तो तुम भी दान करना चाहते थे, पर तुम्हें यह नहीं सूझा।"

अब गुडिया भी पास आ बैठी और वह कहने लगी, "दादी सारी

कहानी भईया को ही सुनाओगी, कुछ मेरे लिए भी छोड़ दो।"

"अच्छी बात है तो बिटिया अब तुम सुनो।" कहते हुए दादी फिर कहानी सुनाने लगी थी :

पाण्डव जब अपना बारह वर्ष का वनवास और एक साल का अज्ञातवास पूरा कर वापस हस्तिनापुर पहुँचे, तो उन्होंने कौरवों के पास जाकर अपना राज्य वापस माँगा।

दुर्योधन उनका राज्य वापस नहीं करना चाहता था, उसने पाण्डवों को साफ कह दिया कि यदि अपना राज्य वापस चाहिए तो उन्हें कौरवों से युद्ध करना पड़ेगा।

सभी बुजुर्गों ने दुर्योधन को समझाने की कोशिश की कि शांति से पाण्डवों का राज्य वापस कर दे, क्योंकि अगर युद्ध हुआ तो सारी सभ्यता का नाश हो जायेगा। पर दुर्योधन ने किसी की एक न सुनी। आखिर युद्ध होना निश्चित हो गया।

कौरवों और पाण्डवों के बीच युद्ध होने वाला है, यह खबर स्वर्ग में राजा इन्द्र को भी पता चली। इन्द्र बड़े परेशान हुए, क्योंकि वह जानते थे कि सूर्य पुत्र कर्ण पराक्रम और कौशल में उनके बेटे अर्जुन से कम नहीं था और कर्ण अपनी माँ कुन्ती से कह चुका था कि वह सिर्फ अर्जुन से युद्ध कर उसे मारेगा। इन्द्र भी यह जानते थे कि कर्ण को जन्म से ही दिव्य कवच और कुण्डल प्राप्त थे और इन्हीं कवच और कुण्डल के रहते कर्ण को कोई पराजित नहीं कर पायेगा। इन्द्र ने कर्ण से उसके कवच और कुण्डल माँगने की ठानी।

इधर कर्ण के पिता सूर्यदेव को इन्द्र की इस चाल का पता चला। सूर्यदेव भी अपने पुत्र के लिए चिंतित हो उठे, क्योंकि वे अपने बेटे का स्वभाव जानते थे। उन्हें पता था कि कर्ण बिना सोचे-समझे अपना कवच और कुण्डल उतार कर दान कर देगा। उस रात सूर्य कर्ण के

सपने में आये और उन्होंने कर्ण को सावधान किया कि वह किसी भी कीमत पर अपने कवच और कुण्डल दान नहीं करे।

कर्ण ने भी बड़े आदर से अपने पिता से कहा कि किसी भी याचक को दान देने से इंकार कर वह अपयश नहीं कमाना चाहता। अगर इन्द्रदेव उसके पास कवच माँगने आयें तो वह बिना सोचे अपना कवच उतार कर उन्हें दे देगा।

कुछ ही दिन बाद इन्द्र एक ब्राह्मण का रूप धर कर्ण के घर आये और कर्ण से उसके कवच और कुण्डल माँग लिये।

कर्ण फौरन इन्द्रदेव को पहचान गया और उन्हें प्रणाम कर बड़े आदर से बोला–"ये कवच और कुण्डल मैं आपको देकर बड़ी आसानी से अर्जुन के बाणों का शिकार बन जाऊँगा। फिर भी मेरे यहाँ से आप खाली हाथ नहीं जाओगे।" कर्ण ने फौरन अपने कवच और कुण्डल उतार कर इन्द्रदेव को दे दिये।

इन्द्रदेव भी कर्ण की उदारता पर इतना द्रवित हुए कि उन्होंने अपना दिव्यास्त्र 'शक्ति' कर्ण को दे दिया और कहा कि अर्जुन के साथ युद्ध करने में वह शक्ति उसके काम आयेगी, लेकिन वह इस शक्ति का इस्तेमाल केवल एक बार ही कर सकेगा।

दुर्भाग्य से युद्ध के दौरान कर्ण को शक्ति का इस्तेमाल घटोत्कच को मारने में करना पड़ा और कर्ण अन्त में अर्जुन के हाथों मारा गया।

"दादी दान सबसे अच्छा कौनसा होता है?"

कहानी सुनकर राजेश ने प्रश्न किया, तो दादी फिर एक कहानी सुनाने लगी :

महाभारत युद्ध के बाद राजा युधिष्ठिर ने एक अश्वमेध यज्ञ करवाया। यज्ञ में सम्मिलित होने दूर-दूर से अनेक राजा आये। यज्ञ का आयोजन बड़े भव्य पैमाने पर हुआ था, सभी यज्ञ की बड़ी प्रशंसा कर रहे थे।

यज्ञ समाप्त होने पर युधिष्ठिर ने श्रीकृष्ण से पूछा कि यज्ञ में कोई कमी तो नहीं रही थी? श्रीकृष्ण ने अपने योगबल से पता लगाकर युधिष्ठिर को बताया कि राज्य में एक हरिजन को यज्ञ में दान नहीं मिला है।

युधिष्ठिर ने फौरन दूत भेजकर उस हरिजन को बुलवाया और ढेर सारा दान देकर विदा किया। सभी युधिष्ठिर के दान की प्रशंसा कर रहे थे। इतने में एक नेवला वहाँ आया। नेवले का आधा शरीर सोने का था।

नेवले ने युधिष्ठिर से कहा कि चारों तरफ यज्ञ और दान की इतनी ख्याति सुनकर वह बड़ी दूर से आया है और यह बताना चाहता है कि उसने एक ब्राह्मण को दान करते देखा है। ब्राह्मण के दान के आगे युधिष्ठिर का दान कुछ भी नहीं है, क्योंकि ब्राह्मण के यज्ञ की राख में लौटकर उसका आधा शरीर सोने का हो गया था। मैं आपकी यज्ञशाला की राख में भी बहुत लौटा, पर कुछ नहीं हुआ।

युधिष्ठिर बहुत हैरान हुए और उन्होंने नेवले से सारी बात बताने को कहा।

नेवले ने युधिष्ठिर को बताना शुरू किया।

एक गरीब ब्राह्मण था। एक दिन भिक्षा में उसे एक सत्तु मिला। घर पर ब्राह्मण के बच्चे भूखे थे। घर पर ब्राह्मण अपने परिवार के साथ सत्तु खाने ही जा रहा था कि ब्राह्मण के द्वार पर एक भूखा साधु आया। भूख के कारण साधु के प्राण निकले जा रहे थे।

ब्राह्मण ने तुरन्त अपने हिस्से का सत्तु साधु को दे दिया। साधु बहुत भूखा था, इतने से उसकी भूख शांत नहीं हुई, तब ब्राह्मण ने अपनी पत्नी का हिस्सा भी साधु को दे दिया। जब इससे भी साधु की भूख शांत नहीं हुई तो अपने बच्चों की भूख की परवाह न करते हुए

ब्राह्मण ने अपने बच्चों का हिस्सा भी साधु को दे दिया। सत्तू खाकर साधु ने ब्राह्मण को धन्यवाद दिया और चला गया।

महाराज उस गरीब ब्राह्मण को सौ अश्वमेध यज्ञों का फल मिला। उस ब्राह्मण के दान का मुकाबला आप कर ही नहीं सकते। ब्राह्मण के पास देने के लिए सिर्फ सत्तु ही था। उसने अपने बच्चों की भूख की परवाह नहीं की और जो कुछ उसके पास था, सारा दान कर दिया। आपके पास तो असंख्य धन-धान्य हैं। इतना सारा दान करने के बाद भी आपके भण्डार भरे हुए हैं। इसीलिए ब्राह्मण की यज्ञशाला की राख में लौटने से मेरा आधा शरीर सुनहरा हो गया। आप अच्छी तरह से समझ लो कि कितना दान दिया यह महत्वपूर्ण नहीं है। दान किस भाव से किया गया है यह महत्वपूर्ण है।

कहानी सुनाने के बाद दादी ने यह दोहा कहा :

चिड़िया चोंच भर ले गई, घटा न नदी का नीर।
दान दिए धन न घटे, कह गए दास कबीर ।।

—कबीरदास

प्रश्नावली

1. हबीब के ददाजी क्या बेचते थे?
   (अ) खजूर (ब) पुस्तकें
   (स) फल (द) फूल
2. सब्र का फल कैसा होता है?
   (अ) मीठा (ब) कड़वा
   (स) तीखा (द) लाल
3. ईश्वर परीक्षा किसकी लेता है?
   (अ) भक्तों की (ब) जिससे प्रेम करता है।
   (स) पुजारियों की (द) हर किसी की
4. जादूगर के झूठे वादे के झाँसे में कौन आया?
   (अ) बौना (ब) अलाउद्दीन
   (स) कमल (द) लड़का
5. शीनू वास्तव में क्या था?
   (अ) लड़का (ब) बौना
   (स) पुतला (द) नीलकंठ
6. मरियम को रास्ते में क्या मिला था?
   (अ) मैना (ब) रुपया
   (स) सोना (द) जुगनू

7. मरियम को मैना ने क्या दिया?

(अ) सोने का सिक्का (ब) लड्डू

(स) चॉकलेट (द) बताशा

8. रिमझिम किसका नाम था?

(अ) चिड़िया का (ब) बच्ची का

(स) गिलहरी का (द) कौवे का

9. अरहम और रहमत कौन थे?

(अ) चाचा-भतीजा (ब) दुश्मन

(स) दोस्त (द) भाई-भाई

10. अनमोल चिराग घर में कौन लेकर आई?

(अ) अलाउद्दीन (ब) नेहा

(स) विक्रम (द) बेताल

उत्तर

1. द 2. अ 3. ब 4. अ 5. द 6. अ 7. अ 8. अ 9. स 10. ब

• • •